界临诗选

肖军 ◎ 著

应急管理出版社

图书在版编目（CIP）数据

界临诗选／肖军著．－－北京：应急管理出版社，2022

ISBN 978 – 7 – 5020 – 7352 – 7

Ⅰ.①界… Ⅱ.①肖… Ⅲ.①诗集—中国—当代 Ⅳ.①I227

中国版本图书馆 CIP 数据核字（2022）第 048902 号

界临诗选

著　　者	肖　军
责任编辑	陈棣芳
封面设计	文　亮
出版发行	应急管理出版社（北京市朝阳区芍药居 35 号　100029）
电　　话	010 – 84657898（总编室）　010 – 84657880（读者服务部）
网　　址	www.cciph.com.cn
印　　刷	北京宝莲鸿图科技有限公司
经　　销	全国新华书店
开　　本	787mm×1092mm $^1/_{16}$　印张 $17\frac{1}{4}$　字数 323 千字
版　　次	2022 年 8 月第 1 版　2022 年 8 月第 1 次印刷
社内编号	20211488　　　　　定价　68.00 元

版权所有　违者必究

本书如有缺页、倒页、脱页等质量问题，本社负责调换，电话:010 – 84657880

前　言

　　我们每天忙碌地工作和生活着，假如别有业余趣味、爱好来以宽心和安心，那定当是极好的。有的人喜欢打篮球，有的人酷爱垂钓，还有的人醉心打游戏、旅行、养花……而我心乐息的是在诗海里自由徜徉。

　　没有人生来就是写诗的材料，追根溯源，还要从2003年的中学课堂上说起。那时正是懵懂少年，课下与同学打闹拌嘴，无意间我就编顺口溜回怼。想来是押押韵，附带些俚语，更是解气和抒情，或是三五句，也有六七行，看者发笑，闻者小惊，学习一塌糊涂的我似乎从这里找到了一丝丝的存在感。

　　时光荏苒，来到2005年，在竞争激烈和繁重的学习中，一个暖阳的午后，不知头脑中的哪根弦骚动不安又迸发出几句"诗"来，搜肠刮肚，一番折腾后一首小诗跃然纸上。从那年开始，我将诗作为自己最好的朋友，并视为一份爱好重拾和发展起来，而初衷仅仅是为了让自己变得更加聪明。从此以后，每当我困惑、难过、喜悦、孤独、思念等情绪涟漪时，都是诗在倾听着我内心的诉说。可以讲，没有这位挚友，就不会有我独立的思考，对生活的感悟，以及对未来的憧憬。

　　自2005年至今已经过去16个春秋，16载人间烟火，在懒惰和勤勉中，在酸甜苦辣、喜怒哀乐中，在每一道深浅起伏的年轮上，我断断续续写下了1300多首诗歌。一首首诗像一篇篇日记记录着我当时的所思所感。对于别人来说也许不算什么，但对我来讲却是成长的点点滴滴和无比宝贵的财富。

　　或许像是火山一样，积累到一定的程度就想喷发。2020年在新冠疫情严重的时段，蜗居在家百无聊赖的我，就整理和再创作了一番，集十多年来的心血而成此读本。权当做便于翻阅，或送亲朋好友，以及老来夕阳下回眸往事也不至于丢三落四和寻求一点那些存在过安慰罢了。

　　此诗集综合了我近十年来的心路历程。诗文有长有短，谈古论今，当然水平有高也有低。虽然写诗的时间不短，但始终是孤军奋战，仅凭爱好且不专业，所以遣词造句、行文架构、理论深浅，都不可避免地会出现这样那样的问题。如同上面所讲，此集只为了记录自己的生活往事和心路历程，不敢高谈阔论。

　　一入诗门深似海，从此蓬莱执着心。对于未来，我希望自己能写出一些有水平的作品来，无关身份，无论雅俗。生命本就是一场可贵的旅行，梦想如同灯塔，或早或晚，心心念念，念念心心。但行脚下路，无悔人间烟火，足矣。

　　另外，正文内的脚注均为作者注，在正文中不一一列举。

作者

目 录

上　篇 1

　　遥寄 2012 年白露时节 2

　　遥寄 2013 年情人节 2

　　2020 年国庆中秋双节同庆有感二首 3

　　2020 年洛杉矶湖人队夺冠致敬勒布朗·詹姆斯二首 4

　　邻家小妹婚嫁记事 5

　　遐想新婚之夜 5

　　蚊响有感二首 6

　　敬先贤 7

　　叹秋光暴晒二首 7

　　寄九一八二首 8

　　慰　勉 9

　　送　别 9

　　晨起观天有怀 10

　　赞白玉兰 10

　　山水之恋 11

　　听乌啼寄情 11

　　遥　想 12

　　故园踏雪有怀 12

　　清明随感七首 13

　　解　脱 15

　　晚步有怀 15

乡　　愁	16
寄离人	16
白露时节有怀三首	17
白日寄情	18
评齐天大圣三首	18
暴雨感怀	19
观　　潮	19
诀别诗三首	20
月夜登楼	21
读毛主席诗词有感	21
踱步长廊寄怀	22
八月末寄怀	22
孤星伴月有怀	23
题画诗七首	23
论红梅三首	25
夜深有怀三首	26
教师节寄怀	27
失眠踱步感怀	27
登黄鹤楼	28
傍晚畅想	28
观螃蟹小感	29
明心对月	29
心得四首	30
第一次品茶有感	31
儿童节有感	32
观松有感	32

在北京三首……33

七夕有怀……34

游戏与人生……34

边塞怀古……35

论　蝉……35

怜嫦娥二首……36

末伏有怀二首……37

了　悟……38

夜宿江舟有怀……38

游黄山……39

九月九日怀毛主席三首……39

散步听蝉有怀二首……40

读《葬花吟》感怀……41

羁旅立秋有怀四首……42

过白帝城怀古……43

夜观天象记事……44

送敌人书……44

晚步感怀庚子年天灾……45

杨玉环之逝……45

致敬王家坝蓄洪区同胞……46

庚子年六月十四对月抒怀……46

重逢贤弟记事……47

秋林重游……47

晴雨同天怀古……48

游古都遗迹感怀……48

早醒观窗外感怀……49

晚　晴	49
雨中漫步	50
读《望庐山瀑布》感怀	50
观麦茬	51
春游见闻	51
致李白二首	52
相　亲	52
羡熊猫	53
记四月大降温三首	53
乡愁四首	54
闲游感怀	56
观画感怀	56
读诗有感	57
读史抒怀	57
际　遇	58
临　行	58
评荆轲	59
题古画	59
安　息	60
登古寺感怀二首	60
再回首	61
读历史有感	61
咏　茶	62
五月过北京见满城飞絮有感	62
观斜阳寄情	63
缘　遇	63

致敬古代边疆战士	64
听蝉偶感三首	64
新年快乐	65
送　别	65
老屋影像	66
赶考抒怀	66
自题小像	67
过端午节	67
游园有怀二首	68
待离人归	69
打工歌	69
行车路上有感	70
观天有怀	70
祭屈原	71
春　望	71
邻家有装修	72
相　伴	72
秋日抒情	73
观风雨有感	73
寄离情	74
答同事回调二首	74
观长城有感二首	75
祈　愿	76
夜　问	76
孤灯对影	77
灯下沉思	77

观湖冰有感	78
洁居有感八首	78
劝　慰	80
日　暮	81
和　亲	81
中秋有感	82
正月初六春雨有怀	82
相亲失败望沙河有感	83
长夜有感七首	83
杨絮飞雪寄情	85
病卧日志	85
星语心愿	86
望月有感四首	86
送　狗	87
论水漫金山	88
贺新春	88
恬　淡	89
今生再相伴	89
无可奈何	90
无　题	90
离别三首	91
观飞絮有感	92
致敬柳永	92
平安夜感怀	93
伤怀旧事二首	93
现实二首	94

悲花怜	95
寄望游子	95
赠高三恋人二首	96
春分感怀	97
循环往复	97
离别寄情	98
赠纨绔子弟	98
观凌烟阁感怀	99
春雨感怀	99
眺望有怀	100
生活小记事二首	100
小结二首	101
怡情自乐二首	102
明君治国	103
做饭有感	103
夜读哲思	104
雨过天晴有感	104
歌母爱	105
老嗟叹	105
游古城感怀	106
记在上海广达	106
参加婚礼有感	107
散步有感	107
哲思录七首	108
冬夜抒怀	110
送别祖母	110

游子归	111
玫　瑰	111
痴　情	112
翻旧物思怀	112
寄开学二首	113
劝学生	114
记期末监考	114
记晨起求学路上	115
记学生晨读	115
采花记	116
春之赞歌	116
初晴忽见路旁桃花争艳有感二首	117
读《遣怀》有感	118
随　感	118
中秋寄望	119
求　职	119
晨读偶感	120
五月初五祭屈原二首	120
归来情歌	121
家有梅竹	121
家有植木	122
思秦论	122
怅别情二首	123
听唢呐有怀二首	124
诉衷情	125
怀古思今	125

望残云抒怀	126
中秋寄望	126
观围棋有感	127
观剑有感	127
伤离情三首	128
独　行	129
春　景	129
登滕王阁有感	130
散步有感	130
陈情录二十二首	131
庚子年记天灾三首	137
冬　眠	138
深秋抒怀	139
寄远方	139
观古人托物言情有感二首	140
送瘟神	141
外出有感	141
疫情缓和后外出有感二首	142
夏日怡情	143
远思十一首	143
送　别	146
咏　雪	147
听风起有感	147
致白衣天使	148
相思二首	148
春分闲游回记	149

咏　梅	150
和咏梅韵	150
自勉七首	151
娶　亲	153
观历史战役哀英魂	153
起晨雾有怀二首	154
世有仙女	155
哪　吒	155
望晚霞有感	156
送君行	156
月下夜行	157
观麦浪	157
秋　日	158
望月远怀	158
诉衷肠三首	159
空　梦	162
懒　惰	163
天　意	164
时光易逝	165
伤　情	166
偶感三首	167
七夕伤怀	170
对影自语三首	171
暮尽鸿雁飞有感	174
悲叹李煜	175
诀　别	176

赠知己·······················177

记巢湖游玩·················178

秋　思·····················179

勉　励·····················180

寒雨潇潇有感··············181

下　篇·····················182

行路难·····················183

晨雾茫茫···················184

一路走来···················185

丰　碑·····················186

玫　瑰·····················188

征　途·····················189

九月的等待·················190

分手信·····················191

飞走的二月纸鸢···········192

放　过·····················194

相　思·····················195

无眠有伤···················196

墙·························197

冰　心·····················198

等　待·····················199

听　蝉·····················200

思　念·····················201

假如我不曾遇见你·········202

想象那一天·················203

遥远的思念·················204

夜　幕 ··· 205
少年，你好 ··· 206
等　你 ··· 207
清晨的雪 ··· 208
寻找幸福 ··· 210
记二零一六年第一场雪 ························ 211
月光遐想 ··· 212
落雪伤怀往事 ······································ 213
落叶深秋 ··· 215
相约在冬季 ··· 216
最后一次约会 ······································ 217
如何与你在一起 ··································· 219
分　离 ··· 221
关于我的畅想 ······································ 222
如果再见 ··· 224
错　过 ··· 225
烟　花 ··· 226
雪 ·· 227
带你去远方 ··· 228
悖　论 ··· 229
心　愿 ··· 230
表　白 ··· 231
不说再见 ··· 232
回　忆 ··· 234
一近一远 ··· 236
等待花开 ··· 237

- 12 -

学会等待 ·· 238
立　秋 ·· 239
盼归来 ·· 241
生命岛 ·· 243
变　化 ·· 244
在与不在 ·· 245
抉　择 ·· 246
落雨空城 ·· 247
寻　觅 ·· 248
追　梦 ·· 249
鸳　鸯 ·· 250
懦　弱 ·· 252
青春畅想 ·· 254

后　记 ·· 256

2020年国庆中秋双节同庆有感二首

其一

双节同庆福万家,灯火千乘月天涯。

今夜举杯歌盛世,齐祝兴邦久丰华。

其二

圆月周天百凤呈,金风旗帜满千城。

唐虞[①]岂忘怀英烈,永保民生享太平。

---

① 唐虞:唐尧与虞舜的并称,亦指尧与舜的时代,古人称为太平盛世。

2020年洛杉矶湖人队夺冠致敬勒布朗·詹姆斯[①]二首

其一

六止[②]东决暗夜浓,多少蜚语掷英雄。

忍辱再战百锤炼,不负亲朋不负聪。

其二

四冠封神谁争锋,一统十年蠹联盟。

万堆白骨空哀怨,血洗富池[③]老汉升[④]。

[①] 勒布朗·詹姆斯:美国职业篮球运动员,司职小前锋,绰号"小皇帝",2003年NBA选秀中以首轮第一顺位被克利夫兰骑士队选中。

[②] 六止:詹姆斯总决赛六次铩羽而归。

[③] 血洗富池:指富池口大战。

[④] 汉升:黄忠,字汉升,三国时期蜀国名将。

邻家小妹婚嫁记事

辞家语难尽,恩重涕泪多。

福祸白首共,良婿情不薄。

遐想新婚之夜

红装难平意,心烛摇夜深。

待君归梦里,蜜语共宵春。

蚊响有感二首

其一

蚊响漆夜扰安神,毒烟两伤岂高人。

世间诚有隆中策,只是福薄难觅寻。

其二

暗夜蚊雷怪体香,无非千克赠血粮。

残梦心寒终有尽,岂挽一道面朝阳。

敬先贤

白①诗世无敌,圣②情旷古今。

高山合流水③,兰亭④乃天人。

叹秋光暴晒二首

其一

光泄四海驱云轻,御驾长风天空空。

十方万灵皆有位,直射地府十八层。

---

① 白:唐代诗人李白。
② 圣:唐代诗人杜甫。
③ 高山合流水:高山流水的典故。
④ 兰亭:东晋永和九年王羲之与文人雅士聚于会稽山阴的兰亭修禊故事。

其二

余年之光今洒完,愿忍此后暗无边。

万物长短终有数,莫恋风尘学老聃[①]。

寄九一八二首

其一

四亿红旗东北开,今朝怎忘耻国怀。

忠魂血染山河志,换取中华匡复来。

其二

长空警震仲秋悲,鏖战当年浴火焚。

我辈英才当勉励,腾飞世界矗族群。

---

① 老聃:老子,姓李名耳,字聃,一字伯阳。

慰 勉[1]

一天一天又一天,天天追梦不孤单。

三月三日流星夜,温风一阵香满园。

送 别

欢聚倏还日,深情子莫违。

终别歧路去,十里雪霏霏。

---

[1] 慰勉:慰劳勉励。

晨起观天有怀

恋恋晨星九月情，山河同往远双行。

曾经苦海翻云浪，终见天光万丈清。

赞白玉兰

花艳花枯生死间，无怨无悔溢香完。

人生如梦念玉碎，白兰地处生长烟。

山水之恋

山青葱葱留仙翁，水碧淙淙依山情。

山行水绕万物生，史传千载代代承。

听鸟啼寄情

屋外鸟声梧叶黄，三旬落寞寄秋霜。

深情冀望空山绿，哪有阴晴驻永常。

遥　想

昨日花落忆留香，香尽天意两情伤。

心近离远冷风伴，他乡旧病思故郎。

故园踏雪有怀

林园雪霁静无边，百里心寒伴袅烟。

一见当年山海誓，谁怜斜影对空谈？

清明随感七首

其一

夜雨陪风打槛开,案前凄梦望乡台。

十年雾霭天涯路,何世又逢亲友来?

其二

故乡遥遥笛声凉,飘飘软细扎满肠。

不堪柳色忍落泪,唯恐逢人同离伤。

其三

春江渔舟送晚霞,四方潮涌卷白沙。

年少无敌曾壮志,书尽墨池叹芳华。

其四

长鸣寄哀声,雨落点点情。

人间兹别后,来世还同行。

其五

黄土拢为家,栖身略暗狭。

生前荣辱事,盖棺皆作罢。

其六

冷暖问青松,银丝惹心疼。

阴阳隔难语,相邀今夜梦。

其七

清明神州荡寒潮,万千英魂俯九霄。

愿永和平悯悲苦,红旗环球尽舜尧。

解　脱

流光抚失赢，朦朦睑愈清。

晚来花映红，露寒送舟轻。

晚步有怀

夜冷衣着避我寒，流灯凄影伴星天。

莫忧长路难心愿，终是温晴鹤梦[①]圆。

---

① 鹤梦：超凡脱俗的向往。

乡 愁

雁字高飞望北辰,故国梦断月几轮。

北城白桦枯叶落,应照游子锦衣身。

寄离人

冷月西垂照离君,满园花谢又秋深。

三更未眠五更夜,默默点点数寒砧。

白露时节有怀三首

其一

高山寂寞年，万里没尘烟。

一世深情梦，声声啼杜鹃。

其二

微雨夜明舟，漂泊任水流。

孤帆堪远际，千里共盈秋。

其三

苦生地狱运轮还，润叶龙珠[①]数语残。

莫恨朝阳终有命，相逢来世任千般。

---

① 龙珠：珍贵的宝珠，此处比喻露珠。

白日寄情

天光四海大江东，万劫修得无量功。

山河锦绣春常在，人间处处载淳风。

评齐天大圣三首

其一

十万天兵妒英才，八卦炉中志不改。

花果洞天极乐地，不论正邪多自在。

其二

身怀奇绝自称王，天地三界任狂妄。

五百年后悟真谛，乾坤朗朗有沧桑。

其三

我本净心天地生,天地有生未有明。

若无斗战此生路,何来后世拜圣名。

暴雨感怀

万电千雷颤地空,天崩暴雨大兴戎。

八荒尽扫宏图愿,一揽骄阳射四通。

观　潮

千军一线御风来,蔽日烟涛震地开。

任卷红尘风雨后,丹心彼岸九莲台。

诀别诗三首

其一

凌驾雄鹰与飞鸿,年轻追梦画彩虹。

功成回眸真爱去,名利一捧亦空空。

其二

欲留芳心却不能,往事历历泪声声。

苦海浮沉难相互,他年他乡白发生。

其三

诀别此去没星河,缘尽还望月如歌。

非是思深小城遇,岁岁风刀人非昨。

月夜登楼

晓月驰星夜,登高近北辰。

知音难际遇,唯有话天神。

读毛主席诗词有感

敬羡圣才万丈豪,北望千山雪飘飘。

湘江日夜奔腾去,欲说风流看今朝。

踱步长廊寄怀

长廊晦暗脚噔噔,尽处春光出五行。

不忘初心还冀望,神州万里物兴荣。

八月末寄怀

八月远无声,光阴悲客情。

万劫心依旧,砥砺再远征。

孤星伴月有怀

孤星伴月夜微凉，隘路桃源雾渺茫。

继往浮华多梦客，真音谁与解幽光？

题画诗七首

其一

猿啸乘风落日愁，林烟缥缈怨清秋。

江流自去他乡客，一念红尘醉梦游。

其二

碧水流烟二月春，浮桥映带草茵茵。

天人应羡凡间乐，燕舞山岚柳色新。

其三

东林初日月西空,碧玉群山百木荣。

常有餐香分燕雀①,苍茫苦海济同生。

其四

绿海晨曦烟徐升,浮鸭溪面自飘零。

可怜几户尘缘外,不解繁华璀璨情。

其五

花海绽韶阳,临风野壑香。

幽幽皆落蒂,不见旧时郎。

其六

山中松鹤宿,天水久长流。

霞绮携攸乐②,云霄泯怨愁。

圣贤崇隐逸,俗物喜尊优。

谷壑岚新漫,秦淮唱酒楼。

---

① 燕雀:燕子和麻雀,泛指小鸟。也比喻地位低微的人。
② 攸乐:闲适安乐。

其七

潇湘汇洞庭,收棹载波行。

仙鹤指神药,迷方听鹭声。

玉阶多踩踏,碧水少逢迎。

漫漫身孤苦,茫茫心净明。

论红梅三首

其一

遥观风雅暗泪生,冰雪寒风胜我情。

而今隆冬一枝秀,悔恨不曾为君等。

其二

冬至微寒一程程,百花独生心空空。

葬我污泥换春瑞,明年秋尽又孤影。

其三

春来红梅渐残逝，料峭幻梦忆锦时。

唯愿花下痴情语，可怜岁月凄别离。

夜深有怀三首

其一

金秋良辰云海空，故人草深十年冢。

泪别曾栽杨柳处，明年春生芽几重。

其二

深秋漫野悄无声，月隐霜天倍觉宁。

书山环游空寻觅，昏灯对影思长情。

其三

昨夜清风昨夜蝉，夏去秋爽人未眠。

问君情深何所系，断桥空忆诗百篇。

教师节寄怀

苦口谆谆筑栋梁，芳华燃尽爱无疆。

倾心只盼朝阳艳，一鉴天涯万里光。

失眠踱步感怀

未眠夜寒盛，秉烛踱廊庭。

秋虫怜厚谊，曲曲抚慰明。

登黄鹤楼

黄鹤楼中仙已烟,碧波江水入潮天。

今朝幸临温旧地,他日闻君又千年。

傍晚畅想

幻海金光照满城,秋云福佑万芳青。

星河本是灼晶链,绕取人间百世宁。

观螃蟹小感

蟹族异类喜横爬,霸王偏居蛇鳝家。

巨鳌岂是锦花绣,寂寞百里皆披麻。

明心对月

轩台月下紫烟霞,倩影相依妒柳斜。

诚意空门求瑞彩,初心未取岂为家。

心得四首

其一

满心纸上难抒情,无声雄才议论空。

愈我金腔点利弊,锦绣江山更富荣。

其二

苦药甜言医病心,白衣凡尘救世人。

不求天堂极乐事,有生还学白求恩。

其三

沐风新政惠百川,勤廉杏林半支天。

百科斗艳争建秀,唯我口腔砥中坚。

其四

病从口入病心出，内圣可抵穿肠毒。

青囊①在世空嗟叹，我辈妙语众病除。

第一次品茶有感

瓜片②高誉扬海外，今我亲尝觉虚拜。

众口皆碑早定论，齿笑诗人不识材。

---

① 青囊：华佗的《青囊经》。
② 瓜片：六安瓜片，简称瓜片、片茶，是中华传统历史名茶，也是中国十大名茶之一。

儿童节有感

春草荣枯一轮轮，抚须望尽远山昏。

飞马乘风千里月，不输茌苒志犹存。

观松有感

松子坠落成树，新叶频换旧宿。

岁月犹如当初，敢问其意何图？

在北京三首

其一

夜路回回只影单①,云涯千尺蔽星天。

勿忧前景笃行路,十里烟花纵马还。

其二

北漂久旱逢天水,心喜润物又思回。

贪心贵贱贫与富,深雪落地归不归?

其三

日光窗透墙米黄,新晨鸟飞花草忙。

地扫无尘情自乐②,换取满园披新装。

---

① 夜路回回只影单:每晚下班很晚才回租房处。
② 地扫无尘情自乐:每天早晨开工前打扫卫生。

七夕有怀

天河隔夜昼,孤寂鹊桥寒。

无限星霜里,殷殷寄玉兰①。

游戏与人生

号角擂鼓刀枪拼,棋布方兵万马喑。

血染百里无归路,空废学业何处身?

---

① 玉兰:玉兰花主要为白色,因此有纯洁无暇的意思。在爱情方面,白玉兰的花语解为只爱对方一个人,希望能够和对方相守到老。

边塞怀古

铁马驰春塞,惊雷动地哀。

昔年白骨处,依旧百花开。

论 蝉

丝雨不闻声,微晴叫满城。

古今誉蝉道,苟安乃哲明。

怜嫦娥二首

其一

桂殿霜寒落,浮光恸九歌①。

花容身璧玉,不解意蹉跎。

其二

玉皇金枝羞相逢,普天美景妒仙容。

寂寞寒宫常语兔,一声后羿满别情。

---

① 九歌:《楚辞》的篇名,多写神灵间的眷恋。

末伏有怀二首

其一

玄天曝日炙无涯,流火蒸腾尽落花。

一日秋凉逢玉露,携游百地展风华。

其二

十五出伏望秋山,画圣才尽封笔还。

纵有七情生天地,只叹绝妙胜神班。

了 悟①

沐冠终南②客,轻烟了悟佛。

镜中缘蚁梦③,弃欲悦天歌。

夜宿江舟有怀

独行千里路,萍水久难逢。

薄命徒穷老,悲情怜几成?

---

① 了悟:领悟,明白。
② 终南:终南山。
③ 蚁梦:梦境,或喻空幻。

游黄山

泪眼醉黄山，飞云入海仙。

苏杭同五岳，玉宇尚羞颜。

九月九日怀毛主席三首

其一

韶山紫瑞九龙翔，年少博情救四方。

一改新天明日月，云霄万里放光芒。

其二

山河破碎暗无光,一轮红日启东方。

九州同心随领袖,建国伟业与天长。

其三

金风九月忆前川,一别星移四十年。

携来艺苑常吟诵,如睹尊容梦眼前。

散步听蝉有怀二首

其一

夜幕觉蝉鸣,高低一色清。

百灵争无意,自古留芳名。

其二

暮色响蝉音，声声独贯林。

良禽息永夜，高唱废伤神。

读《葬花吟》感怀

葬花吟罢泪横飞，茫茫人世万念悲。

痴心不解叹衰落，人花有情谁怜谁？

羁旅立秋有怀四首

其一

塞外雪百川，冰风刺无眠。

今朝同秋月，何日近乡关？

其二

一揽清霜散九州，天高辉月入千侯。

湘江犹记当年誓，星火薪传万古休。

其三

夜怨秋蝉桑梓①情，伤寒②拔剑舞三更。

乡音频梦催肠断，未取功名还负卿。

---

① 桑梓：故乡。
② 伤寒：伤寒病。

其四

夏去凉秋立,酷温未远巡。

何由出伏日,可怜劳苦人。

过白帝城怀古

桃园义重毁江东,百万生灵葬火中。

白帝丧幡[①]千丈志,匡扶霸业泪难重。

---

① 丧幡:指丧家悬挂的白色狭长形的旗幡。

夜观天象记事

天池落阴月,云波压百川。

探悉得真意,听鹊佑丰年。

送敌人书

鸿雁归南恨,戎装漠北寒。

何为遵道义,涂炭入楼兰。

晚步感怀庚子年天灾

初晴绵雨后，独步流晚灯。

百难终消尽，天地岂无情。

杨玉环之逝

满城香溢浴华清，寂寞千妃妒凤翎。

雨露同源独嗜爱，终得泪落下幽冥。

致敬王家坝蓄洪区同胞[①]

舍己开闸上下全,不求同乐克时艰。

阜南亲友明大义,千秋美誉永相传。

庚子年六月十四对月抒怀

寂寂泛江舟,烛临满月愁。

前程孜望尽,独羡水中游。

[①] 2020年7月20日上午8时32分,位于安徽省阜阳市阜南县的"千里淮河第一闸"王家坝闸开闸泄洪,蒙洼蓄洪区启用蓄洪。6小时后蒙洼庄台已成湖中岛,四周一片汪洋。王家坝闸上保河南,下保江苏。蒙洼蓄洪区居住着近20万人民,阜南县为抗洪救灾倾其所有,舍小家顾大家的自我牺牲精神永远值得我们敬仰。

重逢贤弟记事

久别今赐膳,粗茶心悦然。

同乐述往事,星月沉西山。

秋林重游

林黄风落叶,众鸟寂清霜。

向晚迟归去,同行侧影长。

晴雨同天怀古[①]

晴雨同天忆项王，乌江心冷逝云裳。

银枪勇冠悲薄命，四百龙函[②] 始季郎[③]。

游古都遗迹感怀

野草荒城换行宫，繁盛齐天万国同。

一朝昏聩山河泪，千古大业付流东。

[①] 2020年7月31日下午三点半左右，安徽省界首市东城部分地区出着太阳下着小雨，遂有感而发。

[②] 龙函：诏书。

[③] 季郎：刘邦，字季。

早醒观窗外感怀

雾笼窗台透鸟啼,晨曦若暗辨雄鸡。

匆匆尘客别春梦,弹指韶华又落西。

晚　晴

微凉天际放余晖,眺望八方众鸟归。

苦雨涟涟湿朝圣,翻山映照万朵云。

雨中漫步

满地珠光泛玉堂①,隆恩四海乐安康。

鞠躬蜀相精诚治,海晏②何须逝异乡。

读《望庐山瀑布》感怀

千里遥看似裂天,近观远去际无边。

瑶台仙舞诚挚爱,怎比壮美幻余年。

---

① 玉堂:经穴名,此指胸口。
② 海晏:海晏河澄。

观麦茬

千里寸金排天来，烈日灼心枉自才。

唯有甘霖解痴意，便入泥土筑灵台。

春游见闻

春晖碧树清幽潭，燕亭①和风飞纸鸢。

远幕苍山流烟醉，谁家倩影望夕岚。

---

① 燕亭：休息用的亭子。

致李白二首

其一

读诗了明志,仙风烁古今。

夜夜学君语,可否赐神韵?

其二

青莲本是天上仙,著文请命翰林官。

功名流传清平调,不如游遍好河山。

相 亲

梧桐深院白玉霜,明镜台前谢红装。

始见多年肖公子,长夜绵绵频梦郎。

羡熊猫

胖熊围青竹,帝王待荣殊。

困顿栖安睡,醒来软玉梳。

记四月大降温三首

其一

昨日春夏今日冬,花叶正浓凄雪风。

寒心依稀酬天阙[①],一点血色留虔诚。

---

① 天阙:天上的宫阙。

其二

时宜樱花粉嘟嘟,青苗良辰穗初熟。

未曾荒诞生邪恶,却遇上仙无情诛。

其三

雁字前月回北方,苦寒家境据余粮。

终是枯槁葬花地,随君无悔断韶阳[①]。

乡愁四首

其一

西风吹又寒,四月厚衣添。

昨夜还乡梦,飘蓬几度山。

---

① 韶阳:明媚的春光。

其二

三通①近天地,朝思毋落晖。

秋霜何萧瑟,省亲在春归。

其三

异乡逢中秋,遥敬桂花酒。

同心连怀远,家常生怨仇。

其四

异乡为客白发催,今夜纱窗满月辉。

但行人间图一醉,莫言明日论喜悲。

---

① 三通:海陆空交通。

闲游感怀

和风浮绿波,浅水透青螺。

寄意兰舟去,睽疑①遇暗河。

观画感怀

缥缈九重天,山麓几户仙。

游子梁甫②对,青牛函谷关。

成败蜉蝣意,得失皓月圆。

草木栖归鸟,落霞溪水潺。

---

① 睽疑:心怀离异疑惧。
② 梁甫:《梁甫吟》。

读诗有感

历来诗词参差牙,才情万丈并晚霞。

学艺急缓辨主次,文海满园赏真花。

读史抒怀

白帝承遗命,祁山征建安。

鼎足隆中对,客死五丈原。

安乐非庸主,留后锦玉餐。

乱世蜀何在,夜月惹湿衫。

际 遇

来世幽冥地,不与寿天齐。

愿化百年树,凝望河东西。

临 行

丝雨迟迟未雷鸣,征军频频故乡情。

元帅何惧急鞭旅,策胜制敌屈人兵。

评荆轲

知遇赴身死,圣明悲国难。

忠君千古颂,苟安宜羞颜。

题古画

青山溪雪松,鹤立碧云亭。

远客闲对弈,怡神入无境。

安 息

云航腾雾螭，森深宿野黑。

各雄一方踞，百兽自安息。

登古寺感怀二首

其一

寻根思远道，寺静满钟声。

碌碌焚香客，谁知眷几成？

其二

潺潺净流水，森森古木阴。

路遇闻虎啸，庇护驱邪神。

再回首

重旅寻少年,母校久别鲜。

执着花前月,依稀似昨天。

读历史有感

落雁无奈入黄沙,马嵬赐缢怨羞花。

九五布衣各安命,飞鸟何必笑井蛙。

咏 茶

蔫叶历千蹂，形槁满藏垢。

守心望白水，两仪①杯中游。

五月过北京见满城飞絮有感

疑是京城漫雪花，匆匆独去闯天涯。

多情五月飞绒絮，爱我温馨万里家。

---

① 两仪：指阴阳，黑白双色，乃大道之本。

观斜阳寄情

橙阳孤影忆沧桑,三十年前嫁凤妆。

去日今生已无意,情深款款对残阳。

缘 遇

何德遇爱缘,必是善尘前。

愿复飞双翼,柔情过百年。

致敬古代边疆战士

胡横鹰野仗辽原,烽火常红塞北关。

勒马提刀侵血透,卫国宁死裹尸还。

听蝉偶感三首

其一

难比百灵声婉转,不如凤凰立群间。

何苦泣血鸣天地,徒劳嘶哑无人怜。

其二

树高不染尘,玉露化金身。

但鸣凭会意,知音谁比邻?

待离人归

今夜月明圆,梧桐拂影轩。

惊魂起又睡,捷报速回还。

打工歌

出门日夜班,不敢恋乡还。

金屋常稀客,平添父母颜。

行车路上有感

城南春色浴枯荣,夹道莺歌醉柳风。

刻苦勤学忙刺绣,余生只为巧天工。

观天有怀

三五隔阴二月春,贡珍堆溢火香焚。

今天雨打桃花落,只怪桃花未敬云。

祭屈原

气尽江山心渺茫,汨罗吞水泪投亡。

无颜国破救民难,唯盼杀身醒楚王。

春　望

登楼十九层,迎面喜春风。

极望山川美,千国合大同。

邻家有装修

锯声阵阵梦惊魂,半夜装修坑友邻。

可恨敲门出冷应,翻白鬼脸枉纯真。

相 伴

玄天皓月圆,共赏照河川。

万丈明思夜,天涯与子牵。

秋日抒情

百草惠阳春,秋情木叶心。

唯将冬落寞,万籁识真音。

观风雨有感

窗外冷风欲透墙,相思纸上替心伤。

转眼苦海尘缘尽,唯愿来生化蝶双。

寄离情

相隔意重重,又上别君亭。

一去二三月,恍惚十年征。

答同事回调二首

其一

南行两年久,海角共漂流。

乡月无霜地?同僚事颖州①。

其二

三年频北望,他乡终路人。

情缘自来去,再遇勿沾巾。

---

① 颖州:即安徽省阜阳市。

观长城有感二首

其一

万里长城文明征,千年风骚韵味浓。

华夏雄风今朝起,世人惊羡争拜龙。

其二

蜿蜒长城万骨堆,草衣青蕤不问春。

鏖战血洒虚名录,可怜荒野宿忠魂。

祈　愿

两岸心连盼团圆，共享天伦合庆欢。

千年华夏文明史，同根祖业圣火传。

夜　问

宵梆阵阵夜莺啼，城外空低月森森。

十年狼烟妻母泪，千古帝王何处寻？

孤灯对影

寒夜清寂已三更,月隐霜天倍觉宁。

书中尽有红颜遇,不抵身边一份情。

灯下沉思

伏案苦读夜沉沉,往事闪闪难聚心。

书山早行千万路,淠河①久慕不逢君。

---

① 释淠河:淮河右岸的主要支流之一,流经安徽省六安市。

观湖冰有感

薄冰仙镜映天锅,月色明净现舞娥。

围湖漫步人渐少,天寒乐居伴窈窕。

洁居有感八首

其一

闲居读诗文,增益广修身。

远行先利器,功成缘深根。

其二

长假宅书房,诗词度华芳。

感慨同悲乐,开怀语渺茫。

其三

才子白云端,落寞常邑怜。

孜孜得真谛,迢迢圣明宣。

其四

湖面映星辰,草木更幽深。

泊舟天幕远,流霞与芳馨。

其五

楼下车马忙,宅家阅金刚[①]。

参禅晓真意,无步胜远方。

其六

昨日晴天今日阴,无常人世笃求真。

七旬病死生无憾,光照微微启后尘。

---

① 金刚:《金刚经》。

其七

大乘①无边隔沧桑，寒天烈风劲打窗。

尤怜醉梦尘烟事，千年灯母②笑帝王。

其八

三年血泪浇，挥笔任逍遥。

梦幻驰五岳，钟情是康桥③。

劝 慰

相遇本因前生缘，缘尽何须苦缱绻。

前程自有爱人待，不惧终点是孑然。

---

① 大乘：是一种佛教派别。
② 灯母：灯塔水母。
③ 康桥：即《再别康桥》。

日 暮

巷雨流青石，倚门路人稀。

邻家炊烟袅，方觉日偏西。

和 亲

汉家明珠联胡姻，固城千古耻臣君。

男儿报国轻生死，哀雁[①]难回秋叶魂。

---

① 哀雁：指王昭君出塞的故事。

中秋有感

万天筹庆赏月明，盼得八月烟雨蒙。

惠风润物凭栏望，何须昭昭念晚晴？

正月初六春雨有怀

春雨游丝励前程，烟花除岁万家灯。

放眼繁华四海内，更求理想潜心行。

相亲失败望沙河①有感

君心磐沙卿水流,沙水命中梦一游?

雾霭茫茫长相伴,莫对红豆叹忧愁。

长夜有感七首

其一

夜夜灯下温茶升,默默相濡伴生平。

愿舍天才与锦绣,换得世世双双情。

其二

悲情谁解家国心,三十崎岖爱何存。

借月问天风雅意,银色无声洒乾坤。

---

① 沙河:一条自西向东横跨安徽省界首市境内的河流。

其三

五九春始年尽头,千河冰释远行舟。

托风抚醒百草绿,礼花竟绽映神州。

其四

静数窗台雨声声,寒春夜问宵几成。

三更舞剑读星月,旭日乘舟追雅风。

纵情烟火尝百味,遍游山河驰云轻。

人间长短走一世,千古功德留芳名。

其五

夜月忠伴应有怜,借光镜梳泪满衫。

纵悔肠青时已断,哪世相陪与君全?

其六

夜深醒难眠,思绪游万千。

梅红百花落,最美宿广寒。

其七

早起妆容对镜忙,夜深泪思又佯装。

年轻哪有常如意,默念旧事伤心肠。

杨絮飞雪寄情

白城满絮忆红裳,一片千思落松冈。

忘川河底魂已去,人间五月雪茫茫。

病卧日志

晨光啾鸟欺病身,频梦龙泉①泪红尘。

何年千转蓬莱去,扬帆碧波逍遥吟。

---

① 龙泉:宝剑名,即龙渊。

星语心愿

漫天星语寄情深,界首①雄才汇乾坤。

愿忍十年成一笑,定揽日月度世人。

望月有感四首

其一

古今薄情月,玉洁散凄辉。

乡音深情系,泪光照离人。

其二

元宵圆十五,明月高山流。

情人执望月,款款何日休。

---

① 界首:安徽省辖县级市,由阜阳市代管,位于安徽省西北部,别名界沟、小上海。

其三

皎晶晕月当空照,明天万里星稀少。

孤读灯下志登高,常闻鸡鸣到破晓。

其四

万天星辰绕月明,朗朗远际照华灯。

心中已无红尘事,只管登临万里鹏。

送 狗

一朝际遇万世深,悲歌送别天上人。

愿有轮回重相见,仍是惊喜三月春。

论水漫金山

浡浡光雷暴雨淹,登阁一望云海天。

金山绝情诚有恨,无辜生灵怎了缘?

贺新春

又是一年除岁末,挂灯贴红有雪落。

今宵迎新九州庆,飞龙吐瑞天地勃。

恬 淡

房栊向柳开,前花屋后菜。

自顾葳蕤①园,无欲世往来。

今生再相伴

百年同心胜仙封,誓言情系界首②城。

轮回相约朝阳③见,再续笃爱伴今生。

---

① 葳蕤:草木茂盛的样子。
② 界首:安徽省辖县级市,由阜阳市代管,位于安徽省西北部,别名界沟、小上海。
③ 朝阳:界首市朝阳高级中学。

无可奈何

黄泉路上鬼门闸，彼岸花叶命中差。

奈何桥下等千世，重生再逢错几家。

无 题

中华多友邻，豺狼反觊频。

国破担大任，皆是狼牙人[①]。

---

① 狼牙人：狼牙山五壮士。

离别三首

其一

满院[①]红绿欣欣荣,三年欢泪化雄风。

此是万劫不复去,回眸仰望璨星空。

其二

来时睛热走时阴,再游国防[②]思故心。

今晚泪别沉醉后,不免萦梦逝青春。

其三

屋外黑风开天河,群龙布空泪送哥。

六安[③]深情渡我义,明日回马报首科![④]

---

① 院:安徽国防科技职业学院。
② 国防:安徽国防科技职业学院。
③ 六安:安徽省六安市。
④ 首科:谓科举考试名列一等。

观飞絮有感

万千杨絮竞飞蝴,柔风缭缭泛五湖。

洒遍华夏旭日起,凤舞龙腾世界朱。

致敬柳永

宋词绮韵百花秀,柳君婉约领旗首。

情撼天地后人颂,红尘千古谁争优?

平安夜感怀

平安夜寂梆声轻，祥和萦萦福梦中。

边关戍守望乡月，情系家国万事隆。

伤怀旧事二首

其一

破镜百世隔阴阳，萦怀旧事泪断肠。

小园共栽长青树，可怜孤影慰夕光。

其二

秋枫韵色桂飘香，幽径青瓦捉迷藏。

月圆花下同学梦，漏屋凤飞只剩凰。

现实二首

其一

操戈亮剑气方血,豪言壮语作人杰。

潜龙未展丰羽翼,高山独奏有谁约?

其二

仰望城高无梯云,烟雾渺渺徒伤神。

春来冰释百花艳,月下萧公曾识君?

悲花怜

花容情欲醉，倾慕语绵绵。

一夜秋残落，冷漠寂无边。

寄望游子

留学勿忘归根情，异国漫漫多珍重。

相念垂泪无言对，民族复兴立奇功。

赠高三恋人二首

其一

楼上三楼聚离多,誓言你我永相合。

不恋浮华多迷窍,心向桃源唱情歌。

其二

红衣小玉爱心牵,举眉回礼相濡绵。

极乐仙界亿万世,决辞下凡共百年。

春分感怀

乍惊闪雷风雨冰,春分虚构实冬兴?

天地亡存自有序,任尔末日葬花零。

循环往复

暖暖冰融汇溪中,春末水蓄近洪峰。

开闸奔腾千丈落,一季天水暂归东。

离别寄情

牵马送君一程程,杳杳不见盼月升。

半心白玉如卿在,誓取皇榜艳红灯。

赠纨绔子弟

玉食衣锦绣,外寒屋暖春。

天生命永贵,不惮红楼沦。

观凌烟阁感怀

大唐彰威严,封神壮凌烟。

伟名羡千古,无功岂升天。

春雨感怀

雨落凡尘去,丝丝织爱缘。

高寒催情窦,流连永人间。

眺望有怀

远望楼房思绪茫,几秋日月伴萧霜。

心如鹏飞千万里,漫漫寒冬路何方?

生活小记事二首

其一

外色无情内有情,油盐米醋总淡平。

高低哪有毫厘称,互敬互爱共此生。

其二

微毒初入心已烦,予金请宴虚如烟。

莫伤深情空悔恨,相见不选独自欢。

小结二首

其一

十年苦读逝如水,想想昔日泪空垂。

冰雪又落年关近,镜中霜鬓眼中灰。

其二

半年彻夜苦读人,学海迷浪慧渐深。

悟透红尘得广力,瓦蓝穹高凭我飞。

怡情自乐二首

其一

谪居泉源怡自安,甘洌涣涣流深山。

摇舟踏寻巧缘遇,幸逢得道几散仙。

其二

轻舟一橹觅桃源,可笑尘世争名传。

空山坐观夕霞落,芦苇深处听蛙眠。

明君治国

朝议延午晌,废寝国是忙。

明君开盛世,安居子民良。

做饭有感

炸菜油飞灼皮炎,倒盐、倒盐、再倒盐。

猛火炖的青色死,信味尤恋海参间。

推开佳面苦咸口,神情凝虑心肝颤。

若问行客轻何艳?众人齐道女人难。

夜读哲思

秉烛悲夜人,满纸是与非。

江边潮涨落,天上月圆阴。

雨过天晴有感

急雨林升烟,初霁幽静寒。

百鸟兴交响,合唱震九天。

歌母爱

十月腹中苦与甜,遥远相闻难相见。

温情呵护经冬夏,驱灾消难胜神仙。

老嗟叹

叶落雁南归,岁月暗无辉。

徒留梦清醒,垂怜一老身。

游古城感怀

塞外春风沙没天,盛城荒芜已埋填。

优渥君王传史册,技艺宫女有谁怜?

记在上海广达

流水线上白发生,好梦青春哭长城。

我心悲怜闲野鹤,世间伯乐最无情。

参加婚礼有感

新婚宴亲朋，合手拓圣经。

季布[①]得一语，愿随共死生。

散步有感

星月遮黑幕，孤行照晚灯。

忧絮弹不尽，沥沥到清明。

[①] 季布：楚汉时人，为人守信义，当时有谚语云："得黄金百斤，不如得季布一诺。"

哲思录七首

其一

细雨缘树下,花叶持何留?

滋根方隽永,浩浩风中遒。

其二

谦恭知礼数,仁爱获洪福。

亲朋德馨励,远敬繁世俗。

其三

青草溪中荇,山岚暮光明。

茅檐安低漏,毋须解禅声。

其四

际遇如星天上悬,真情成败取西天。

总称稚趣伤迷惑,也罢悲凉怪少年。

其五

江水无声直东流,两岸绿荫时鸣鸠。

四时往复生老死,清心自乐做蜉蝣。

其六

茫茫生海雾,蓬莱近却无。

扁舟依波尽,晴雨自天书。

其七

不第伤满怀,登科歌雀台[1]。

人生潮起落,得失莫喜哀。

---

[1] 雀台:铜雀台。

冬夜抒怀

难熬冬夜陋室寒,千事奔涌浮云端。

默默西边寒光月,且当空语慰心安。

送别祖母

寒星凄骨伤人寰,长眠祖母入土安。

何日何年再相聚,哪邻哪家或无缘。

游子归

北风寒气封河冰,一夜人间白雪情。

疾驰还乡搭春运,初闻同音泪难停。

玫 瑰

瓣瓣火红羞朱砂,精骨刺卫绝芳华。

天帝钦缘独示爱,语是真情成一家。

痴 情

朝暮痴情望高楼,明月千山更难休。

短短百年红尘客,失君奈何怅九幽。

翻旧物思怀

昔时文章落厚尘,回眸记事叹年轮。

青春豪放千寻觅,诉与闲云老病身。

寄开学二首

其一

寒假飞星尽,新征开远帆。

当乘早春盛,莫负锦江山。

其二

园中草木绿,新生隔旧年。

辛丑多一岁,争舸勇向前。

劝学生

青丝何曾惜流年，入世亲知举目艰。

放浪不忍十年罪，至死犹叹金玉言。

记期末监考

苦练百日只为今，运笔龙行如有神。

换得金榜头名状，不愧父母四季勤。

记晨起求学路上

不惧寒凄骨,踏雪夜未明。

朦胧幽远雾,繁闻路同行。

记学生晨读

晨读声满堂,殷殷比孙康。

苦学十年励,争做国之梁。

采花记

前日摘花把瓶栽,幽香缕缕绕梁徊。

晨起花瓣碎满地,浮生草草为谁开?

春之赞歌

碧波递进远接天,千帆奋发追凤鸾。

二月春雷百川绿,温情祥瑞满人间。

初晴忽见路旁桃花争艳有感二首

其一

夹道桃花忽盛开,暖阳风凉蝶未来。

几日情愁伤春怨,尽散仙境香满怀。

其二

排排桃木唱春歌,朵朵粉润娇仙娥。

怡心风中甜香味,有情有花有硕果。

读《遣怀》有感

青楼香醉十年悔,年少才气冲斗北。

莫留薄名后人弃,痛改展翅日同辉。

随　感

轻舟入海深,归路无处寻。

渺茫尘一粒,何处觅初心?

中秋寄望

百里心系睹月明,圆月明明惹泪声。

起笔难书思绪乱,寥寥散句字字哽。

求 职

两年两次过崇文①,缘来缘去自浅深。

南阳竹海千秋绿,犹感那年三顾恩。

---

① 崇文:安徽省界首市崇文学校。

晨读偶感

一缕秋光射窗台，书香拳拳正释怀。

迢迢寻花总不现，飞高方觉万花开。

五月初五祭屈原二首

其一

粽情百感汨江游，微风推波送龙舟。

祭宴迎来忠魂聚，千杯同饮祝九州。

其二

风刀霜剑岁无情，千年流韵共悲生。

借酒遥祭楚辞父，扶杖田园羡渊明。

归来情歌

三年苦别天数定,常思梦萦终有情。

我愿倾心相执手,地老天荒独与卿。

家有梅竹

梅邀竹耐寒,红花胜青竿。

同寒本异属,何必齐深浅。

家有植木

门前樱树下,茂然万年青。

昔年同栽夏,比邻共抵风。

粉花果甘美,四季不凋零。

轮回若相见,深表谢人情。

思秦论

秦灭六合两世消,破釜巨鹿葬王朝。

永固江山非武力,民心聚散定舜尧。

怅别情二首

其一

深梦几晚频遭逢,滴滴空漏伤晨明。

红烛透帘泣昨夜,缱绻回眸不胜情。

推窗睹旧心难释,泪眼枝头鸠两声。

世间谁怜真心爱,车房彩礼图虚名。

其二

双飞落林息,林繁锦色迷。

无房多比恨,蜂巢谁轻离?

听唢呐有怀二首

其一

仙声断尘忧，黄泉不回头。

轮回与亲故，长乐共碧游。

其二

金玉俗失色，仙子殷辅声。

一曲回三界，千古唢呐情。

诉衷情

槽枥浅浅厩烂烂,骄阳驮重策行辛。

潜质本胜赤兔①快,衰老难遇度缘人。

怀古思今

大唐德威服四臣,诗文烂漫可比神。

上有春秋百家艳,今复文艺闹园春。

---

① 赤兔:赤兔马。

望残云抒怀

绵绵秋意暮云残,万里登高望河川。

可驭九龙成一帝,橘子洲头点江山。

中秋寄望

年年中秋望月陈,路遥处处矛与盾。

半句残词抒今意,已觉阴阳朗乾坤。

观围棋有感

纵横十九路,玄奥甚江湖。

步步思攻守,浮心一盘输。

观剑有感

始有琨瑶①方有剑,不论泰阿名龙泉②。

紫气寒光射牛斗,九曲黄河入瀛洲③。

---

① 琨瑶:指美石。
② 泰阿、龙泉:皆指宝剑。
③ 瀛洲:传说中的东海仙山。

伤离情三首

其一

无限伤情泪横飞,阴阳错隔誓成灰。

醉梦卿来恸情去,茫茫人寰我一人。

其二

雨夜幽长烈阳刚,异地恋恋久离伤。

比翼云海几碎梦,秋去冬来又冰霜。

其三

欲行雨湿湿,天意情难离。

远游还何日,盼君常乡思。

独 行

长路行万难，航直尽远帆。

相逢缘来去，孤舟枕夕眠。

春 景

青青柳叶燕儿飞，溪水潺潺歌画眉。

远幕丛山擎翠绿，炊烟几户舞夕晖。

登滕王阁有感

登临高阁望远流,群山锦绣释四愁[①]。

多少风流今何在,皆随云散荡悠悠。

散步有感

阴云蔽幽月,秋气凉入帷。

赠言此留地,百年叹又谁?

[①] 四愁:泛指愁思。

陈情录二十二首

其一

结伴成家膝下童,亲朋怜爱焚火熊。

常言缘来相守老,只怪痴心贪功名。

其二

无依无恋泛舟轻,有来有去龟驮行。

扬帆乘风远天际,白发考量值此生。

其三

年少呼高岗,入世持家忙。

归心自幽静,唯恐梦黄粱①。

---

① 梦黄粱:黄粱一梦。

其四

碌碌十五年①,沥血诗百篇。

蜉蝣向明月,兹首谢神怜。

其五

江湖多路歧,相陪终有期。

悲情思缘尽,余生论无极。

其六

花香惹人追,山高多名位。

秋蝉苦命短,知音可谓谁?

其七

未曾休假百日多,慵懒颓废已蹉跎。

青春易逝徒悔恨,何颜夜话寄马说②。

---

① 十五年:学写诗历时十五年。
② 马说:韩愈的《马说》。

其八

今月照今人,明日非昨晨。

悉心积一步,实至上青云。

其九

绿水十里湾,漂萍动渔船。

随行因贡饵,直钓无鱼闲。

其十

横刀年少轻鬼神,紫电雷光楚天云。

高山一曲空绝唱,只有弦外叶纷纷。

其十一

风华故园白驹过,半生悲喜已霜斑。

林中新叶湿秋露,多少执念空笑谈。

其十二

霁雨初心映彩霞,群星明月舞天涯。

他年登第凭栏处,邀与金樽歌岁华。

其十三

别时雨季盼君还,再聚多年苦与酸。

半壁同行常勿忘,不求富贵一生安。

其十四

中原今繁盛,谁念昔日兵。

血溅平北勒,还报家国情。

其十五

浣溪山歌响云霞,寻常衣食闲采茶。

功名盖世无遗憾,不做朽木入仙家。

其十六

日出松霭阔,雪厚映寒霄。

嗜梦常痴语,贪杯忆断桥。

其十七

白发斜阳坐,箫声奏管弦。

初心传后世,无悔下阴山。

其十八

君为天上仙,卿在奈河川。

十世修桥路,何年筑梦圆?

其十九

半身黄土覆青苔,宝剑深磨锋未开。

四九极寒酬壮志,不居白发对空骸。

其二十

秋月下西凉，垄头起晨光。

人生何悲叹，翩翩万古长。

其二十一

青丝揽月狂，才能射九阳。

三十家国梦，身死乃还乡。

其二十二

半世漂泊似蒲公，只缘颓废半寸功。

年少悬梁立远志，莫对夕阳悔无穷。

庚子年记天灾三首

其一①

黄昏骤夜响雷声，满地灯光照紫庭②。

昨日风扬除秽意，今朝雨落浴恩情。

民心共济争高路，国难同操荡飓风。

任尔何来千百怨，红旗一举自凋零。

其二

暴雨花城③十丈洪，无双千里肆流通。

绝情凄雪没天水，笃爱冰雹砸鲁东④。

遍野钱粮盼皓月，满河沆浪⑤去秋蓬。

任君万道劈雷电，亿兆飞虹画碧空。

---

① 2020年5月21日下午四点，北京暴雨，白昼变黑夜。
② 紫庭：神仙所住宫阙。
③ 花城：广州。
④ 鲁东：山东省东部，此处泛指山东。
⑤ 沆浪：水广阔而汹涌貌。

其三

路面顷刻千吨雨,四野明黄鬼哭坟。

瓢泼横流接天际,龙王新冠似走神。

冬　眠

寒来地下暖,不欲雪冰倩。

一年躺两季,无忧柴米盐。

深秋抒怀

孤月稀星霜满庭,故园小径杂草生。

惊疑远方儿语唤,夜半残梦忆初情。

寄远方

十年青春逝,六月北京别。

长亭圆月照,青柳已枯竭。

观古人托物言情有感二首

其一

失志比梅竹,得意享福禄。

平权真君子,觉悟贵知足。

其二

及第恩浩荡,左迁闷惆怅。

岂能和世俗,空自叹悲伤。

送瘟神

浩渺天地万籁空,初年飞雪江上蓬。

次日流光恩无限,拜送瘟情亿万重。

外出有感

盛世少闲岁,十五①路独往。

春情花柳绿,不日度国伤。

---

① 十五:此处指 2020 年农历正月十五。

疫情缓和后外出有感二首

其一

和风起心间，神州照日暖。

出门任西东，终别暗冬寒。

其二

出门暖气迎夕霞，踏青双双接物华。

一览天高愁云散，此情正是愿心发！

夏日怡情

绿水青荷影，鱼虾戏水中。

不急摘满子①，伴舟自由行。

远思十一首

其一

昨夜星辰昨夜风，别离喟叹②沈园中。

咫尺天涯不相见，何必一念幻永恒。

---

① 满子：此处指莲子。
② 喟叹：因感慨而叹气、叹息。

其二

离情七月各西东,满堂书卷寂空空。

曾经欢闹真心过,再无缘起似初衷。

其三

萤火村后小林言,星空为誓合手牵。

已得平生功名禄,再无羞涩笑红颜。

其四

别时璧玉霜,再见已麦芒。

乡间溪非昨,人情期更凉。

其五

一碗阳春面,形影话无间。

共苦有卿陪,同甘孤影寒。

其六

昨夜又梦明月楼,相依欢闹观灯流。

信物床头蒙尘厚,余香识得来世修。

其七

别来伤心地,情锁几度尘。

溪水桥依旧,朦胧不见君。

其八

故园折柳断又发,北飞归燕啄新家。

离道残阳伤无际,为还深情沦天涯。

其九

观物双泪行,幕幕复重重。

来世相遇晚,亦不好功名。

其十

一去断隔万重山,寒箫日日数归还。

小城昨夜红烛帐,飞梦千里久难眠。

其十一

湿地回光映晚灯,涟涟秋雨落东城[①]。

杨桥[②]应是轩明月,一段相思两处生。

送 别

陪君十里别,雁字已归途。

长亭还相聚,勿忘频家书。

---

① 东城:安徽省界首市东城区。
② 杨桥:安徽省临泉县杨桥镇。

咏 雪

常叹朝露惜昙花，堪比织女抛荣华。

本为金生还故土①，天涯沦落是一家。

听风起有感

妖风狂怒号，横扫剐千刀。

身舍有高树，登临无暗涛。

悲歌归上路，侥幸入阴曹。

海燕迎雷电，流芳对细毛②。

---

① 本为金生还故土：五行相生。
② 细毛：指贵重的毛皮，此为反用。

致白衣天使

天灾有华佗，疠鬼叹奈何。

杏林①润雨露，千家颂高歌。

相思二首

其一

岭南渐梅雨，淮北响春雷。

落寞分两地，音书入罗帷②。

---

① 杏林：中医学界的代称。
② 罗帷：丝制帷幔。

其二

一别千日梦临泉①,长忆重隔万里烟。

北望思君百顺好,南归答眷事优全。

西京双去观星月,东岳依回游水山。

天上神飞报喜鹊,相约不尽话窗前。

春分闲游回记

众人河畔踏青春,暖日波光舟万军。

无际纸鸢成翼对,依凭②诗语入沙门③。

---

① 临泉:安徽省临泉县。
② 依凭:凭借,依靠,依据。
③ 沙门:指佛门。

咏 梅

千芳凄落尽,百鸟迹无飞。

天地何萧索,唯馨有腊梅。

和咏梅韵

猪羊伴友归,神鹫任高飞。

但醉糊余日,谁当寂冷梅?

自勉七首

其一

笃学圣贤满腹经,鸿鹄途穷闲云轻。

汉升七旬护国将,岂可三十拜玉清。

其二

天开鸿影射,百壑凤麟才。

勤抚凌云志,春华遍地开。

其三

书海烛光家国心,学成满腹入翰林。

渡边扁舟西山下,驶入江中无限春。

其四

天光一泄绿万顷，玉带寒烟醉安宁。

痴醉红尘多迷乱，莫负天才与温情。

其五

二十四年独彷徨，学海半生未成梁。

望望身后百般苦，回觉视如梦一场。

前路迢迢荆棘堵，问君勇进息鼓藏？

青春奇耻半途废，管甚恶雷劈八荒！

其六

昨日情花昨日飞，今朝浊酒谁来陪？

就算全身一无是，总有登临命难违。

其七

苦修龙象坛，广济万重山。

千里持如意，步步生白莲。

娶 亲

半年精尽树楼房，彩礼一生苦鬓霜。

愿得仙子黄泉笑，清明坟前毋念娘。

观历史战役哀英魂

万里狼烟血成河，铸剑未锋骨上磨。

夜幕八方忠魂聚，千村白发诵衣钵。

起晨雾有怀二首

其一

晨雾起百田，鸿蒙一世间。

寻仙问归路，五湖皆灵山。

其二

月落西南早雾浓，十月初九半梦中。

一年残日君莫记，恍惚银发夕阳红。

世有仙女

凤冠蝶衣粉罗裙，玉颊含情细柔唇。

云驾九天出霄汉，不抵万分一点魂。

哪　吒

脚踏飞轮万里征，莲身幻化舞天绫。

银枪艺高名三界，只输宝塔父子情。

望晚霞有感

晚霁生彩霞,天圆万朵花。

斜阳伴群鸟,夜来各归家。

送君行

佳期恨短命远游,别离千嘱随行舟。

他乡繁华莫相顾,落魄勿忘守三秋。

月下夜行

辉月恩远照,夜路陪我行。

芦苇惊野鸟,不动心羽轻[①]。

观麦浪

一望金黄浪无边,凉风起舞润心田。

喜收一亩千斤粒,家家仓实尽笑颜。

---

① 羽轻:指蝉翼,此处指心像蝉翼那样轻和通透。

秋 日

丽日江山悦,祥云四海心。

登高抒长愿,福爱予万民。

望月远怀

皓月长明独倚楼,千山寥廓大江流。

飞龙玉辇巡天下,盛世昌平耀五洲。

诉衷肠三首

其一

炎炎暑气梦朝阳①

折柳奄叶送君长

沙河②久去尤凝望

偎依旁，湿红裳

赢得天下又怎样

大千芸芸话沧桑

天赐我才不忍忘

鸢飞巡视唳盛强

裹衣被，急还乡

当年笃爱子群堂

---

① 朝阳：安徽省界首市朝阳高级中学，简称朝阳高中。
② 沙河：自西向东横跨界首市的河流。

其二

苦心孤诣玄鬓霜

无人赏，寂夜凉

豆蔻初成，逢秋总凄伤

昨夜惊醒帘外雨

如碎玉，怅叹嘘

纵有满腹经纶理

伯乐觅，世间稀

千里良驹

无奈泪空泣

日月天罡本有常

一如往，何思量

其三

狂风骤雨凉满院

冰冷窗前

内外寒相煎

阵阵落木剑舞天

漫漫途艰启齿谈

痛无鸾翅孤行单

留韵高山

千年有谁感

大浪东海茫仙山

钟情空是感坤乾

空 梦

明月万里烟梦

冬夜满河银冰

尘霭霭消瘦影

敛散输赢

输亦空，赢亦空

懒 惰

隆冬年已尽

凄寒延延

觉来冷意总缠缠

又客身单单

懒床覆去把谁念

退思柴米油盐

常缺一铜板

望长天梦想漫漫

温馨被窝

又是一天

天　意

赤壁败

阿瞒旗炬灰

亡走华容哭诉悲

惨败断肠悔

青梅当年论心锐

输赢

天意难违

时光易逝

一人圣诞酣睡

偏偏还梦聚会

四季转瞬失

无情奈何怪谁

怪谁？怪谁？

恍恍油尽灯褪

伤 情

夜梦伤

又遇旧时郎

艰苦苛刻相守长

君不顾我红白裳

未醒泪汪汪

偶感三首

其一

驼群丝路通达

文墨捭阖①云涯

十万里金光护法

图腾棋布聚彩霞

八方朝贡统天下

叹风华

岁月浪淘沙

叱咤风云热泪洒

---

① 捭阖：开合。

其二

弄堂旧事皆潮影

雾光烟凝

墨池难叙情

星辰斗转四季冷

残光忆逝消几成

深情依旧教谁懂

挥剑髯长

永别碎梦中

相寄年年寻又停

真爱得失天自命

其三

浪迹涛声对夕红

岚霞落鸿

孤迎千丈风

去年此聚誓山盟

片片葱葱任遭逢

恍目香盈染翠袖

断弦尽酒

频愁乐无有

月白水晶络萤重

泪依梦心赏夜空

七夕伤怀

奢望七夕恨河宽

说情难，筑桥缓

回眸相互

常别泪难圆

念念金科头名传

逢无言，心怎安

遥想一起胜神远

唯愿凡，谁恋仙

山川游遍

夕下偎依眠

一年再见可能辨

话不全，泣声掩

对影自语三首

其一

江舟孤帆

觅遍山水远

恍恍翠竹隆中还

泣感三顾当年

习破诗书万卷

纵有天赋古今侃侃谈

可怜难赢东风半扇

叹执迷

那墨池①静静映天

---

① 墨池：相传东晋大书法家王羲之洗笔砚处。

其二

夜深苦读对清灯

两袖空空

爱重无力承

眼前碎雪伴冷风

又逢结冰三尺硬

失不再来若能懂

待我成功

扬鞭塞外行

落日相依水木青

生生世世约空灵

其三

凉酒空坛柳絮烟

何似如艳

花飞谢满天

抬首心成南飞雁

沈墙残阳草丝缠

昔日高瞻笑语甜

秋水望穿

不胜湿褥眠

岁月换天怎凭栏

故园遗梦怜谁念

暮尽鸿雁飞有感

暮尽鸿雁江南飞

登楼急望

凝驻瑟瑟悲

晓夜习习默无语

玉兔难寄诉衷曲

酌酒难再拆双鱼

幻影泗涕

黯音箫凄凄

休趋登临炉火纯

真爱真情声声寻

悲叹李煜

图醉客楼宴

岚割层峦

遥祭宗祠恨路远

几度化羽坠尘间

浮生惨淡

曾率臣民百万

江南乐欢

戍台朽木充狼烟

宫娥翩翩泪潺潺

玉殿凄黯

诀　别

月圆花艳心淡淡

遥想飞天

别离痴情断

昨夜马疾捷报传

正当奋发唱华年

来去匆匆阴阳短

凌云远望

揽月无遗憾

长亭暮雨潇潇散

莫占来世你我缘

赠知己

怎忆昨日相处

潜然今日离愁

长亭酒千斗

何时重逢叙旧

倒酒，倒酒

相识今生何求

记巢湖游玩

巢湖①接云自然鉴

相隔千万

破碎素难圆

脉脉多情寒水烟

朗朗月满寒玉盏

怅念慕慕刻心间

你语我言

苦海胜云仙

情深恋恋莫等晚

岁月无痕意阑珊

---

① 巢湖：安徽省巢湖。

秋 思

傍晚窗外雨后

残阳燃霞深秋

驿站琴声烈酒

　岁月易朽

谁守长夜西楼

勉 励

灯下尘面一生

风雨窗敲几成

千难万险奋勇

　为爱远征

摘星揽月我能

寒雨潇潇有感

寒雨潇潇

夹北风呼啸

正衣单薄

面青涩

囊干瘪

提壶独酌

望九天

俯四海

须臾十万八千

莫高论

长路漫漫

且实践,实践

下 篇

行路难

往南走

或是往北走

走走就回不了头

朝向幸福

或是朝向痛苦

选择了就是整个春秋

清晨的闹钟天天提醒

我要追求的幸福

可是梦想

常常被自己甩在了越来越远的身后

还有那飞扬的烟尘和泥土

活生生

都没有了退路

行路难，难行路

晨雾茫茫

雾气茫茫

远处的楼房

红彤彤的太阳

近处的街道

和错过你的身旁

雾气茫茫

远处的近处的

都变了模样

一路走来

秋雨细细凉凉冰冰

湿漉漉的地面伴着风吹独行

一把纸雨伞

复刻独钓披蓑的江寒

游画石板精雕烛火

江岸千帆

西月凝望怅晚

任柴扉田园或是北国铁蹄归还

不过都是一缕轻烟

报晓鸡声书刻昨夜

顺舟千里寻寻觅觅

夹岸郁郁百兽林语

峰峦悄移密藏层层年轮

转瞬间

七星斗转

从年轻一路走来

走向大同的终点

丰 碑

记不清经过多少次风雨烈炙

从懵懂到熟悉再到精通

从年轻到成熟再到知命

终究把回忆变成宝库

满满地记录着历史的丰功

我也记不清多少场离合悲欢家长里短

但我习惯的是执着地望向远方

炯炯有神地望着

不曾移步而至千里

心到之处自成王土

偶尔会有不惧高恐的人们爬上来

看那鹰击群雄殊死表演

别人是别人的导演

我是我的主角

一个过客又怎能看到我脚下蕴藏着什么

告诉你们吧

躺下,我是长河

征 途

假如你还在孤独的旅途上

请坚信和否定

否定那些愚人的否定

你是那无涯人海

千万之中，亿万之中

一颗天上的孤星

正微泛着幽光

一般人怎么可能看到

一般人怎么可能明白

况且你也无需多说什么

对于那些成熟的人

欣赏你的聪明的人

自会靠向你

你只管

在孤独的旅途上

走好符合自己的路

直到

走到出彩的那一天

九月的等待

假如痛苦没有边界

幸福不会被珍惜

快乐成为奢侈品

你成为了我的眼泪

期盼默默无语

假如时光没有终点

九月不过是一瞬间

谁会记得诉求距离

我在故乡等你

你在大城市继续为梦打拼

假如一个九月不能等到你

我会继续

直到下一个九月来临

分手信

我们互相伤害

用恨一次次将爱情变坏

几番轮回

多少次离开又回来

却怎么也难以成熟地相互理解

你我都知道花和蝴蝶

没什么界限能隔开

因为它们真心相爱

但我们已经辜负了上天的安排

心如灰，往事不再重来

愿你等的他正在赶来

至于我的生活

请不必挂怀

飞走的二月纸鸢

二月的春风来的静悄无声

吹醒了我的梦

苦涩的滋味荡漾在心中

想起那年我们一起放风筝

缠绕着我们的手

是那一线绳

任我们憧憬

伴着和暖的风我们相拥

誓言相守世世生生

可如今我的泪你可懂

那美好的回忆也慢慢变冷

天空中的霞光云影

还有这二月的风

却再也回不去过去的深情

飘荡是被泪水打湿了的纸风筝

现在的你是否不再心痛

忘记了我们的曾经

曾经的海誓山盟

都成了

被遗忘的梦

也成了二月的凉风

依旧又吹着那年两个人的风筝

放 过

你不在时

轻松又快乐

想起你时

沉重又悲伤

我想安慰一个独处的温馨

停伫着、释放着

但不是迷茫,更不是荒凉

而是重置

等待,等待着下一个邂逅

湮灭

曾经的一幕幕

愿我不再遇见第二个你

对于我

请放过

相 思

静静的身边

传来远处的蛙鸣

朦胧中池塘与柳叶

还有那

夜空中洒满了成对的繁星

我托着清风

写满关于童话的憧憬

我借着蛙鸣

诉不尽万种柔情

而你在远方

在我到不了的梦境

我多么希望灵魂能够感应

这样

思念你

就能医好了我的病

无眠有伤

夜色

弥漫着初恋的芳香

思绪

不在乎灯影流多长

今夜

我注定是一个不眠的人

不管朝向远方

或是留恋红裳

只能是

一个人扛

墙

你如屏幕

明月是灯

葱郁的树影

在你身上舞蹈

可惜

你看不懂

还怪

风

冰　心

我的心

须冷起来

或者

碎一地

等 待

你我在黑夜里等待

相濡以沫地灌溉

希望等到花开

阳光春天般炫彩

待到那时

泪水辉映着晶莹的花瓣

露珠高兴地喝彩

亲吻着你——我的心爱

一起欣赏瑰丽的花开

待到那时

一切都将重来

就让我们一起

等待，等待

听 蝉

晌午

我听到了蝉声

夜晚

我听到了蝉鸣

可是

我却越来越分不清

听到的是蝉

还是我自己

思 念

夜已深沉

谁陪我辗转难眠

一支香烟

一部手机

幻想万千

和嘈杂的风扇

当然还有

思念

假如我不曾遇见你

假如我不曾遇见你

你也不会碰到我

没有离别

没有难过

没有韶华里短暂的美好

那么回忆犹如干河

大海没有了波涛

苍穹失去了广阔

而心

更无比轻薄

生命之所以波澜壮阔

正因为它崎岖坎坷

结果或许不是追求的目标

但过程书刻了

曾爱过

假如我不曾遇见你

你也不会碰到我

回忆里

该是多么空阔

想象那一天

想象有一天

我们再相遇

不带痛苦

不带怨恨

不带年轻稚气

我希望你幸福

你祝愿我快乐

然后

一起回忆当初如何错过

岁月消磨

情如纸薄

我宁愿失去这样想象的翅膀

为你留下

初爱的赞歌

终有一天你会忘记我

而我希望

我的那一天

是永远永远

遥远的思念

想你时

星星在眨眼

孤单的我

思念不知几万光年

我宁愿化为彗星

熔化自己

只为经过你的身边

而我的想象那么近

现实中的你又那么遥远

我希望有那么一天

我燃烧的灰烬

能迷住你的眼

只为提醒

擦肩而过的依恋

想你时

星星闭上了眼

我也闭上了眼

夜　幕

假如夜幕

给了我休息的借口

我害怕

把你追丢

我害怕

把你看不清楚

我害怕

失去一秒的拥有

夜幕

是分岔口

我不能停止向你靠拢

只因生怕把你弄丢

少年，你好

谁还在奔跑

我的少年

你好

你可知道昨天的泪光

你可知道今天的心伤

你可知道都将成为明天

美丽的灯光

我的少年

你好

你依然在奔跑

奔跑，奔跑

少年，你好

等 你

你不知道

给我一点鼓励

我会给你创造多大的奇迹

你不知道

给我一点安慰

我会如何去感动和爱你

也许

我们还在不同的世纪

但我

会一直耐心等你

等你，等你

清晨的雪

清晨的窗外

收到了你给的漫天惊喜

还未来得及准备

已被你纯白的世界包围

你飘飘洒洒

下到了我的心里

融化了我孤零零的心

快乐与幸福

从此便和我一起

尽管繁重的生活压得我喘不过气来

因为有你陪

我便无所畏惧

哪怕迷失方向无尽的寻寻觅觅

但漫天的世界都有你指引

我爱你——温情的雪

因为你在严寒中

给了我走下去的勇气

我爱你—温情的雪

因为你在寂寞中

让我领略到生命的真谛

我又情不自禁望向了窗外

在那纯白的世界里

收获着你给的惊喜

寻找幸福

人世间的姻缘

要么幸福要么痛苦

有的人冷漠

失去了别人的幸福

于是幸福变成了痛苦

有的人热情

承受了别人的痛苦

于是幸福变成了痛苦

如果主动了注定被轻视

珍惜了注定别离

我愿带着痛苦去寻找幸福

结局不过稍长

美好将随我而来

岁月羡我们终老

记二零一六年第一场雪

飘落的雪儿

将思念的夜打湿了

你如雪的冷

被我炙热的心暖化了

我以为这般热情

你就会属于我

却没想到

你已不再是雪

而化成了无情的水

或许我也应该像冰一样冷

这样

我就能把你留下

和你一起飘到天涯

哪怕四海为家

月光遐想

窗外洒满月光

屋内一片凄凉

我顺着月光爬到山岗

希望能得到回应的力量

可是依然

四野荒凉

于是,继续

低头,勇往

或许有一天

我实现了愿望

或许永远

都在征途之上

谁怕明天耀眼的日光

且欣赏

今晚一夜的明亮

落雪伤怀往事

回忆你的身影

不写鹅毛般的庸俗

不写柳絮般的晶莹剔透

而你是雨水化成的冰冷

落入泥土

冻伤残梦

有时候记忆中

我却突然认不清

像灰灰的雾

不知道哪一颗珠儿是你种下的情

如今大雪落寞个年轻

添一点点西风

或与北风共舞

都留给了孤单的身影

曾经路上或深或浅的脚印

终究是

都被铺天盖地的流星

不不

是漫天伤痛的白冰

埋个干净

埋个干干净净

落叶深秋

残叶高挂枯枝

已不比夏季婀娜多姿

等待着北方的冷空气

和迷醉于青春的华丽

回忆和未来

都敌不过冰冷的现实

飘摇啊,我的闺蜜

飘摇啊,我的兄弟

飘摇后的他们

都将坠入冰冷的大地

那些倔强的

仍在高处迎风孤独

那些逝去的

已在地面碾成泥土

可是,现在

我不在枯枝高头

也不在冰冷的泥土

而在

半空中

相约在冬季

你我再见

说好的年纪

你我再见

约好的日期

你我再见

熟悉的约地

在孤独没有你的天地

时光慢过蜗牛的足力

你说再见

请耐心等着归期

而我早已

盼着你等了几个世纪

你我再见

已是落雪纷飞的冬季

最后一次约会

点一壶桂圆红枣甜茶

了一段珍贵的缘遇

最后的约会

添上了对不起的标语

经年的红花很美

可惜绿叶秋深

倘若沙河千年的流水

记不得你的泪

我希冀

关于你的文字

埋藏在深秋的露里

阳光洒下温存

人间此去

注定是两个隔绝的世纪

一个冰雪一个正荣

一段未来一段过往

送你的人还在努力

而你的幸福终究是我给不了的安慰

再见我的宝贝

漫长的征途

咫尺天涯

我会用思念作陪

一杯复一杯的红茶

凉透了的心

道声对不起

送你远去

请再干这最后一杯

如何与你在一起

没有月光的夜深

连影儿都不愿作陪

这暗黑的境遇

我该如何分明

站在远处你

等待是漫长的焦虑

期待像地下的水

你不急着遇见缘分

还是太胆怯

考验我的智慧

或许，我太笨

明明可以感觉到你的呼吸

却寻不到你的方位

直到，你的声音

渐渐没有了踪迹

我愣愣地站在原地

委屈和泪都讲给了空气

直到，累了

匆匆入睡

分 离

你的泪

被矛盾的情绪折磨的好深

总有一个原因可以解释

只是你太善于隐藏

我们始终是天和地的距离

遥遥无期又彼此共存

若我不可以

请把我们忘记

相遇是错

万不应该似是而非

莫非这就是我们的宿命

你不是我的，我不是你的

都是匆匆的过客

不再珍惜

不再相遇

不再记忆

关于我的畅想

人间此去

满眼的湖光绿林

暖暖的光照天地

我用心触摸细微

软软的和我一样

于是我成了这个世界

我不用走遍天涯海角

没有路能达到我看不到的地方

我也不用复杂的思考

答案自然呈现在我的面前

我甚至不用生命演绎

历史和自然都是我的传奇和延续

没有明月

我是星斗

没有雨水

我是甘露

闭上眼眸，呼吸着远方

倾听着自己的内心

也倾听着整个世界

如果再见

如果再见

请别再忧愁

尽管昨夜星辰冷风嗖嗖

如果再见

请彼此祝福

红尘一路

相遇便是恩厚

错 过

想你的时间很长

相遇的时间恨短

我一路狂奔

飞向你等的地方

感谢老天恩惠

送你来到我的身旁

感谢你的柔情

给了我无穷的力量

如果不是车和房

浇灭你我的希望

现在的你我

就是一个完整的天堂

我一路狂奔

再也飞不到你在的地方

烟 花

再美丽也不过是毁灭

然而,你还在

固执地绽放

看你的人,很近

只看到你外表的美

却不懂你的灵魂

懂你的人,很远

天和地的距离

我知道你终会落地

所以我一直

在地上等你

雪

你融化

为了点亮人们的眼睛

你冷冻

为了守卫冰心的使命

你是文人心中的圣洁精灵

你是俗人眼中的难捱冰冷

到了属于你的季节

下吧，下吧

漫漫飘洒

到海角，到天涯

到文人梦织的家

带你去远方

我带明月去飞翔

星空是我修道建业的地方

我带种子去勇闯

大地是我信仰耕耘的道场

我要

带你去远方

到哪里都是爱的天堂

悖 论

夜晚

有一种昆虫叫得比知了更响

听，它还在默默歌唱

多么动人多么惆怅

虽然名字叫不上

但它的确很响

如果是低调隐士

可为什么又这般嘹亮

心 愿

走过春天和夏天

相约在秋天

一路走来一路安排

我激动的心陶醉在

和你精彩的未来

远处的茫茫山海

斜阳中塞上的大草原

我们的歌声

还有为你饱含深情的诗篇

从相识到相恋

从相恋到约定誓言

都和日月山川

留给世人传

如果有一天

你白了头我弯了背

还能牵手相伴

这便是

今生最大的心愿

表 白

我用手触摸不到太阳

却能感受她炙热的光

我用脚达不到的土地

却能引导我方向

既然未生在天堂

也要在人间活出个模样

既然选择了信仰

雷电冰霜都是我感恩的对象

我不是逃不出面前的铜门铁墙

也不是一世成不了辉煌

我在享受

热爱这样的生活

在宁静

在积蓄力量

还有等你和我

一起去远方

不说再见

亲爱的,请不要说再见

说再见容易

说再见难

我用浓浓的情感

你怎忍心绝情

让我一世牵绊

你的美

和我对你的爱慕

如万水千山

那么远,那么远

假如有一天

我苦苦地追赶

也未能让你回眸

请不要自责

也不要遗憾

这是我们的缘分使然

只能在梦中

盼来世把你爱恋

亲爱的，请不要说再见

说再见容易

说再见难

回 忆

我还保留着

你送我的第一封信笺

翻开褶皱的一页

又被我的泪打湿

我时常怀念着

我们在一起的温馨时光

你给我买的棉花糖

被风吹得

再也看不见

相遇已错

何必爱的太深刻

如果当初

你我都不倔强

也不用在寂夜里泪流到天亮

这一季璀璨

还剩我独自去演

如果可以后悔

你我都应学会

地久天长相依相偎

这次我又

走在那条再熟悉不过的小路上

只是缺少你在左右

你的笑容像断线的风筝

想留却也留不住

离开了你—我亲爱的

怎么还会占据着我心里的角角落落

相遇已错

何必爱的太深刻

如果当初

你我都不倔强

也不用在别人怀里泪流到天亮

那一季璀璨

还剩我独自去演

如果可以后悔

你我都应学会

地久天长相依相偎

一近一远

时间像个淘气的孩子

淘气的时候很近

不淘气的时候很远

梦想像个成熟的大人

做的时候很近

不做的时候很远

而我

像位老人

看着时间滴滴点点

看着梦想近近远远

等待花开

每个人都有尊严

每个人都是独特的风景线

如果你在一方面输给别人

在另一方面一定要赢回来

不是争强好胜

是为活着的证明

风景只为欣赏的人而美丽多彩

活着只为与木讷分开

时间会选择幸福和悲哀

价值量度着生命的高和矮

如果生命给予我丰富

我会将她装饰成天堂的色彩

如果生命给予我荒芜

我也会将它开垦成希望的田野

幸福的日子已悄悄地走来

而之前的忍耐

只为等待花开

学会等待

安静着,安静着

找不到了这个世界

我需要一点声音

蛙鸣的,水流的

或者一丝光亮

萤火虫或遥远的星

在寂夜的日子里

我要学会和自己生活

听懂他的语言

明白他的动作

一起感受白云飘过

一起散步,一起等待

等到清晨到来明媚的阳光

孤独的日子要学会生活

学会等待

立 秋

我在怀念这将逝的暖夏

可早已有人

迫不及待地讨厌

夏天记下了我的感动

留下了我的色彩

还有

与你相爱

躲着秋的脚步

我在回忆

我在留恋

我在挽留

我在延续着夏的生命

高温吧

我不在乎

汗流浃背吧

只为拥有

总比那

错误的牵手

错误的分手

和取而代之的秋

我们在温暖中相遇

在冷清中替代成熟

我似乎看到了

果实和丰收

如果秋天一起走

我愿用夏的温暖

为你

驱寒整个严冬

陪你

瑟瑟秋风中前行

直到春暖花开

直到地老天荒

直到，直到

直到年华迟暮，微微搀扶

我不忌惮立秋

我怕的是

还能否把你拥有

盼归来

清心未了尘缘

锦衣裹着无奈

难以释怀

相约在这个世界

却未等卿归来

每晚每天

每钟每鼓瑟

珠念起心

心在茫茫的沧海

盼归途

泪望眼

白了红裳

冷了茶凉

还不见

那怦然心动的相遇

是否是你的记忆

那一句前世的独白

还在苦苦等待

古铜月

照凉衣

落红之外

岸柳习习

这道道雨水

淋漓、淋漓

是我，也是你

驾舟一叶

只盼迎来

一世传奇

生命岛

生命的真谛像一颗小岛

踏上的人少

路过的人多

远远望见的航船

不是轻易踏上的天堂

炫舞翱翔的海鸥

也不会免费教人成长

还有风和阳光

鱼和水浪

我愿是一哥小小的岛

茂密的丛林

葳蕤的百草

诗意中

就此终老

变 化

酷夏

飘落的是雨

润凉心田

寒冬

飘洒的是雪

冰冻手脸

人也像冬夏

会时过境迁

在与不在

如果还在

信与不信

没有差别

如果不在

信与不信

天壤之别

人的奇怪

在与不在中摇摆

在于不在中独孤求败

在于不在中落魄悲哀

如果还在

信与不信

没有差别

抉 择

嗅着夜风的味道

凉爽着我的心房

面朝云海星辰

颗颗为我点亮

我听到远方

千里送来的高唱

一和万

你说我该怎么衡量

低头沉默

沉默是自我阉割的羔羊

或者勇敢

成为流浪的无冕之王

嗅着夜风的味道

凉爽着我的心房

面朝云海星辰

颗颗为我点亮

落雨空城

天雨窗外点点声声

落满整座空城

孤独着田间的小河

冰凉着树和庄稼

还有任雨打的路灯

今晚

我要做个守夜人

既然无伞为卿撑

且用心陪你到天明

空城

满满的空城

寻 觅

你一会看天

一会看地

一会看人

你看天的时候

我在你面前

看地的时候

我在你旁边

看人的时候

我在你后面

不知道是你寻觅的方位不对

还是我站错了位置

就这样似近实远

沧海桑田又一成不变

追 梦

夜静

远处传来讨厌的车声

车声轰轰隆隆

使我心里越发浮躁

可是

我若是个夜行人

应会明白

那不是嘈杂的车声

而是在追梦

鸳 鸯

你小气的样子好美

美得让我心醉

你笑时傻乎乎

快乐又童真

我们像一对鸳鸯

正在不觉中长大

路途中不觉酸甜苦辣

但只要给点阳光

我们就能发芽

只要为爱开花

我们就什么都不怕

苦难的日子

尽管雷电噼里啪啦

我们相拥就是家

无论海角天涯

请相信爱的神话

相信我们是一对鸳鸯

从早到晚

一起看彩霞

懦 弱

徘徊在你身后

默默地走

你一次次地回头

放慢了脚步

伸出了手

只能呆呆地望着我

逃走

无法挽留

尽管我曾经心在祈求

想把你的手拉住

是否还有机会邂逅

看见你静静地守候

那家熟悉的门口

枯叶簌簌

无限放大悲秋哀愁

北风呼呼

大地在颤抖

暮色如同一坛陈年老酒

懦弱终生难救

青春畅想

折一纸舟

让它穿越大洋

窗前月光

星辰慰藉我理想

我爬上山巅

为了赞美日出东方

望望大河原野

六路八方处处生机昂扬

我们因为拥有青春而伟大

我们因为拥有青春而潇洒

在春光灿烂的时代里

我们意气风发创造属于我们的美丽新家

我们拥有青春的高大

我们拥有青春而不怕

践行年轻豪迈的誓言

我们自由创造最美的天下

一路欢歌

向前碧海天阔

偶尔坎坷

风浪砥我坚强

我爱山清水秀

因为蕴藏着青春的力量

想想普照荣光

华夏大地一片欣欣向上

我们因为拥有青春而伟大

我们因为拥有青春而潇洒

在春光灿烂的时光里

我们意气风发创造属于我们的美丽新家

我们拥有青春的高大

我们拥有青春而不怕

践行年轻豪迈的誓言

我们自由创造最美的天下

后 记

万事开头难,历经一年多的时间终于出版了人生中的第一本小诗集。在此,我要诚挚感谢亲朋好友的鼎力支持,感谢各位同人们付出的心血,没有你们的帮助,就没有这本书的出版,再次向你们致敬!

随着拙著的出版,对于过去已经画上了一个句号,与此同时,我的诗歌生涯又开启了新的征程。正如前言里所说的那样,"我心乐息的是在诗海里自由徜徉",这或许也是我的生命价值所在。

每个人都有自己的使命,无论是救死扶伤的医生,还是推动人类科技进步的科学家,抑或是辛勤耕耘喜获金秋丰收的农民伯伯,无关职业差异,贡献大小,只记录属于自己的那页历史,只摆渡自己生命中遇到的缘分。就像法国哲学家帕斯卡尔在《思想录》中所写的那样:"人只不过是一根芦苇,是自然界最脆弱的东西,但他是一根能思想的芦苇。"人越早找到自己的位置,越早弄清楚自己的使命,越早能够披荆斩棘,拥有足够的勇气,将生活打理得有条不紊。

无惧岁月风霜,初心始终不忘,百折不曾言弃,终将收获梦想。